Copyright: 1992 Standaard Uitgeverij,
Antwerpen/Distr. Bulls
Pressedienst, Frankfurt

Deutsche Ausgabe: Norbert Hethke Verlag
Postfach 1170
6917 Schönau
Tel.: 06228 / 1063

ISBN 3-89207-597-2

Bessys Abenteuer:

Die Hungersnot

Spät im Herbst verläßt Ronny, ein junger Freund von Andy, die Ranch der Cayoons. Die ganze Familie bringt ihn zur Bahn.

Andy winkt bis zuletzt und Bessy bellt dazu.

Komm, Bessy, es geht heim!

Aber als Bessy hinter ihrem Herrn herläuft...

...kreuzt ein leicht angesäuselter Trapper ihren Weg, und das Unvermeidliche geschieht.

Entschuldigen Sie bitte. Ich rief meinen Hund und...

Wenn du... hick... verantwortlich für deinen Hund bist... hick... werde ich dir...

Blitzschnell schwingt Andys Vater...

...die Peitsche um den Arm des Trappers, der hinfällt.

Ich... hick... werde...

Bessys Abenteuer

Die Hungersnot,

Bei einem Eskimostamm herrscht Hungersnot. Unerklärlich verenden Rentiere. Eine Regierungsexpedition mit Andy und Bessy forscht nach den Ursachen. Aber im Iglu des Häuptlings ertönt aus einem Fetisch des Medizinmanns die warnende Stimme der Geister. Der Häuptling Amoto läuft verstört zum Iglu Amagoatiks, des Zauberers.

"Du hast es selbst gehört, Amoto. Nun können die Weißen ja zeigen, ob sie mächtiger als die Geister sind."

In diesem Moment läuft Bessy, der die Wärme im Iglu lästig ist, ins Freie. Zum Unglück kommt gerade ein Eskimo mit einem Rudel...

...Schlittenhunde vorbei. Die machen einen Heidenspektakel, als sie den fremden Hund wittern...

Plötzlich gelingt es dem Leithund, sich zu befreien. Mit aufgerissenem Maul stürzt er sich auf Bessy.

Das wuchtige Tier wirft Bessy um.

Aber Bessy ist gewandter, versteht keinen Spaß und wehrt sich tapfer.

Der Eskimo kann sein Gespann nicht mehr halten. Alle Hunde stürzen sich nun auf Bessy. Aber...

...die kann sich befreien und flüchtet. In dem erstbesten Iglu hofft sie, den aufgebrachten Tieren zu entgehen.

Sie versucht, den Eingang zu verteidigen.

"Weh uns! Die Hündin hat den Iglu des Zauberers betreten! Das ist jedem untersagt. Unserem Stamm droht neues Unheil!"

Bald tobt das Unwetter mit voller Gewalt. Es wird schneidend kalt. Die Gesichter erstarren vor Frost. Nach stundenlangem Kampf ist Atkinson ein Fuß erfroren. Der Mann muß auf den Schlitten von Bamfield...

...und Jerkins gelegt werden.

Bessy läuft vor, doch Andys Gespann...

...bleibt zurück. Die Hunde versinken tief im Schnee. Kein Weg und kein Steg ringsum!

Ein zugefrorener Fluß muß überquert werden. Dabei birst das Eis unter lautem Getöse.

Andys Hunde können nicht mehr anhalten, und das ganze Gespann wird vom Wasser verschlungen.

Nur Andy hat Glück. Er wird aufs Eis geschleudert. Da bleibt er lange bewußtlos liegen.

Jenseits des Risses läuft Bessy auf und ab und sucht einen Weg zu ihrem Herrn.

Da kracht das Eis wieder unter ohrenbetäubendem Lärm.

Bessy kann sich kaum auf der Eisscholle halten. Andy ist wieder zu sich gekommen und schießt, um seine Freunde zu verständigen. Vergeblich.

PÄNG PÄNG PÄNG

Das Tosen des Sturmes übertönt die Gewehrschüsse, und Andy muß mitansehen, wie seine Bessy abtreibt.

Erst als der Sturm sich etwas legt, kann Andy sich aufrichten.

Nirgends die kleinste Spur von seinen Freunden!

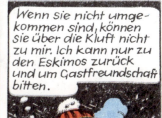

Wenn sie nicht umgekommen sind, können sie über die Kluft nicht zu mir. Ich kann nur zu den Eskimos zurück und um Gastfreundschaft bitten.

Erschöpft und traurig über den Verlust seiner Hündin stapft Andy mühsam durch den lockeren Schnee.

Wölfe!!!

Bessys Abenteuer

Die Hungersnot,

Andy ist mit zwei Wissenschaftlern, sowie mit Bessy und einem Führer auf Wunsch der Regierung zu einem Eskimostamm gefahren, der Hunger leidet. Denn unerklärlich verenden seine Rentiere. Unter dem Einfluß des Stammes-Zauberers vertreibt Häuptling Amoto die Weißen. Die geraten in einen Schneesturm, der sie trennt. Andy ist ganz allein, ohne Bessy und ohne Munition, einem Wolfsrudel ausgeliefert.

Ohne Munition bleibt Andy nur ein Mittel, die Wölfe fernzuhalten: das Feuer.

Als dichter Schnee fällt und das Feuer langsam erlöscht, werden sie zudringlicher.

Und da Andy nicht mehr schießt, greifen sie gemeinsam an.

Das ist das Ende. Ich halte nicht mehr lange durch!

Die schlauen Wölfe warten darauf, daß Andy erschöpft niederfällt.

Doch plötzlich bellen Hunde, und ein Eskimogespann taucht auf.

Die Pfeile des Eskimos vertreiben die Wölfe.

Andy erkennt verwundert Amoto, den Stammeshäuptling.

Amoto! Das ist Hilfe in höchster Not! Was machst du hier?

Ich fühlte, daß ich unrecht getan habe. Und ich wollte wissen, daß ihr nicht Opfer des Sturmes geworden seid.

Sie folgt ihr und entdeckt in der Ferne eine Rentierfamilie.

Rabuk, ein prächtiger Hirsch, reist mit seiner Kuh und dem Kalb gen Süden.

Vorsichtig beobachtet Bessy von weitem die drei Tiere, ehe sie sich heran wagt.

Sie schaufeln mit dem Geweih den Schnee fort, um an das Moos zu gelangen.

Nein, die sind nicht böse!

Das Jungtier frißt lieber leckeres Moos, statt seinen Eltern zu folgen.

Das ist dem Vielfraß äußerst lieb, der schon lange auf der Lauer gelegen hatte.

Verzweifeltes Schreien des Kälbchens macht die Eltern zu spät aufmerksam.

Bessy schützt immer die Schwächeren. Sie stellt sich dem grimmen Feind entgegen. Aber schon hat sie...

...einen Biß in die Schulter bekommen.

„Niemand kann das entscheiden. Die Geister bestimmen deinen Nachfolger. Ich hole ihren Rat ein."

Amagoatik verläßt die Versammlung und geht zu seinem Iglu. Schon bald beginnt der Fetisch in des Häuptlings Hütte...

...wieder zu sprechen. Die Anwesenden zittern vor Angst.

„Der Stamm soll Amagoatik zum Häuptling nehmen. Seine Zauberkraft löst den Fluch, der auf unserem Volk liegt. Die Rentiere bleiben am Leben, und große Herden wandern in unsere Gegend ein."

Als Amagoatik zurückkommt, wird ihm das Wort der Geister mitgeteilt.

„Was die Geister befehlen, trifft ein. Feierlich will ich Amagoatik meine Macht übertragen."

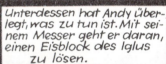

„Mir ist jetzt alles klar! Der Zauberer hat die Rentiere vertrieben und getötet, um zur Macht zu gelangen. Ich muß seinen Betrug aufdecken! Wie läßt er den Fetisch sprechen?"

Einzelne Eskimos haben Einwendungen, aber der Zauberer bleibt Herr der Lage.

Unterdessen hat Andy überlegt, was zu tun ist. Mit seinem Messer geht er daran, einen Eisblock des Iglus zu lösen.

25

Bessy in: Die Hungersnot

Amagoatik, ein Eskimo-Zauberer, will Häuptling werden. Mit Gift, das er den Rentieren gibt, verursacht er eine Hungersnot. Die soll den Groll der Geister über den bisherigen Häuptling Amoto beweisen. Aus dem Fetisch im Iglu des Häuptlings befiehlt er, ihn selbst zum Häuptling zu wählen. Aber Andy entdeckt im Iglu des Zauberers das Gift und ein Sprachrohr. Er warnt durch diese angebliche Geisterstimme die Eskimos vor dem Betrüger. Dann rennt er zurück in den Häuptlingsiglu.

Als er eintritt, ist der Zauberer überwältigt. Andy reißt den Rentier-Fetisch vom Stamm und zeigt, daß der hohl ist.

Von hier aus führt ein Rohr in seinen Iglu! Das ist die sogenannte Geisterstimme. Von dort aus habe ich nämlich auch gesprochen.

Seht, hier ist ein Pulver, mit dem er die Rentiere vergiftete. Es war in seinem Iglu. Sobald Amoto seine Würde an ihn abgetreten hätte, konnte der Unfug aufhören. Bald wären wieder viele Rentiere gekommen- angeblich--

...durch seine Wundermacht.

Der Zauberer ist durch Andy entlarvt.

Der junge Weiße hat bewiesen, daß Amagoatik ein Betrüger ist, der uns Unheil gebracht hat. Amagoatik wird abgeurteilt.

Durch Urteil des Stammesgerichts wird Amagoatik ausgestoßen und vertrieben.

Die Jäger sollten sich nun auf die Jagd vorbereiten. Merken die Rentiere, daß ihnen keine Gefahr mehr von Amagoatiks Gift droht, so kehren sie in Scharen zurück.

Ich verständige den Polizeiposten. Man schickt euch für die Zwischenzeit Lebensmittel.

Am nächsten Morgen verabschiedet sich Andy von den Eskimos.

Aber Andy rechnet nicht mit dem rachedurstigen Zauberer. Der liegt auf der Lauer.

Bessy ist närrisch vor Freude, als sie ihren Herrn erblickt.

Sie erkennt die Gefahr für Andy und schützt seinen leblosen Körper.

Die Rentiere, mit denen sie sich angefreundet hat, müssen Andy ausweichen.

Amagoatik aber wird von der Herde zertrampelt.

Das Stampfen vieler Tausend Hufe übertönt seinen letzten Schrei.

Als die wilde Jagd vorüber ist, bleibt Bessy bei Andy zurück und heult laut.

Bald erklärt sich die tolle Flucht der Rentiere. Professor Bamfield trifft mit Männern der berittenen Polizei am Unglücksort ein.

Das ist ja Andy! Wir hielten ihn für verloren! Und er lebt noch! Schnell! Wir müssen ein Lager für ihn aufschlagen!

Keine schlimme Sache! Aber es braucht Zeit, bis er wieder zu Kräften kommt!

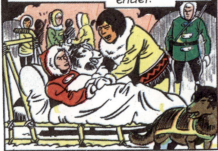

Copyright:	1992 Standaard Uitgeverij, Antwerpen/Distr. Bulls Pressedienst, Frankfurt
Deutsche Ausgabe:	Norbert Hethke Verlag Postfach 1170 6917 Schönau Tel.: 06228 / 1063

ISBN 3-89207-597-2

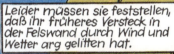

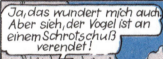

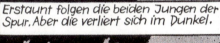

Das Rätsel der Wapitischlucht

Andy ist mit Bessy und seinem Freund Ronny in die Wapiti-Schlucht gezogen, um Vögel zu beobachten. Leider treibt da ein geheimnisvoller Eulentöter sein Unwesen. Eben hat er Huhl, einen stattlichen Uhu, in einer Falle gefangen. Ronny schickt Andys zahmen Adler Rhawik los, Huhl zu suchen.

Hopp, Rhawik! Bring ihn her!

Rhawik überfliegt den Wald, findet aber Huhl nicht.

Huhl indessen wird das Opfer seiner üblen Angewohnheit, sich auf die Nester anderer Vögel niederzulassen.

Über dem Nest war nämlich eine handfeste Falle befestigt.

Bald kommt ein Mann grinsend auf den Gefangenen zu.

Der Unbekannte zielt mit dem Gewehr auf den Vogel.

Bessy hat alles beobachtet. Sie denkt sich, daß Huhls Tod ihrem Herrn nicht recht wäre.

Sie springt den Unbekannten an. Der läßt vor Schreck sein Gewehr fallen.

Bevor er es wieder aufraffen kann, stellt Bessy sich ihm in den Weg.

Fluchend vor Wut greift der Mann zum Messer.

Aber Bessy weicht nicht. Sie zeigt knurrend ihr mächtiges Gebiß.

Da ergreift der Fremde dann doch lieber die Flucht.

Huhl schreit immer noch vor Wut, obwohl Bessy ihn gerettet hat.

Die Hündin will ihn durch Bellen beruhigen.

Dieses Duett lockt Rhawik an. Er streicht dicht über dem Gefangenen hin.

Jetzt wird's schwierig. Wie kann Huhl lebend zu seinem Herrn gebracht werden?

Zunächst heißt es, ein Loch in das Netz beißen.

Huhl möchte flüchten, sobald Rhawiks scharfer Schnabel ihn befreit hat.

So aber hat sich das Rhawik nicht gedacht. Rasch drückt er mit seinen stämmigen Beinen Huhl zu Boden.

Bessy hatte sich bisher nicht eingemengt. Nun aber schlägt sie Lärm, damit die beiden Jungen aufmerksam werden.

Du, Ronny! Haben wir ein Glück! Unsere Freunde haben den König der Nacht gefangen!

Ich wickle ihn in mein Hemd, denn er tobt wie ein Besessener.

Andy! Da liegt ja ein Gewehr!

Am Ende glückt es dem Hecht, sich Rhawiks Krallen zu entwinden.

Schreiend versucht Rhawik, das Trockene zu erreichen. Doch ein paar Meter vom rettenden Ufer ist es mit seiner Kraft zu Ende...

...und sein durchnäßtes Gefieder zieht ihn in die Tiefe.

Zufällig kommt im allerletzten Moment Huhl vorbeigeflogen. Er beweist, daß es Dankbarkeit auch unter Tieren gibt.

Er packt Rhawik bei einem Flügel und zieht daran den Adler mühsam aus dem Wasser.

Der liegt nun halbtot auf dem Trockenen.

Von einer Tanne aus hat Takka das Drama miterlebt. Gefühl ist dem schwarzen Räuber fremd.

Er und seine Artgenossen fallen mit Vorliebe über Schwächere her. Heisere Schreie geben Takka die Sicherheit...

...daß er Hilfe bekommt. Zwei andere Raben haben ihre Nester verlassen, um mit ihm gemeinsam den hilflosen Adler anzugreifen.

48

BESSY

Das Rätsel der Wapitischlucht

In der Wapiti-Schlucht, wo Andy mit Bessy und seinem Freund Ronny Vogelstudien treibt, hat ein geheimnisvoller Unbekannter es auf die Eulen abgesehen. Huhl, ein großer Uhu, wäre seiner Mordlust beinahe zum Opfer gefallen. Nun schickt Andy seinen Jagdadler Rhawik, um Huhl zu holen. Da sieht der Junge durchs Fernglas...

...Rhawik friedlich neben Huhl sitzen. Der Adler denkt nicht daran, den König der Nacht einzufangen.

Dann müssen wir ihn also selbst fangen – jedenfalls, wenn wir von ihm ein Foto machen wollen.

Anderen Tags, als unsere Freunde beim Zelt sitzen, hören sie in der Ferne einen Schuß.

Zu ihrem Erstaunen läßt sich Huhl in der Nähe ihres Lagers nieder.

Das sieht ja fast aus, als suchte er hier Schutz. Das Tier verhält sich so, als hätte es mal unter Menschen gelebt.

Aber Huhl duldet nur Bessy und Rhawik in seiner Nähe.

Wir müssen Geduld haben. Wenn wir ihn nicht behelligen, gewöhnt er sich an uns, und dann können wir dichter rangehen.

Nachts wacht Bessy. Gewöhnlich verläßt sie dann ihren Posten nicht. Doch diesmal lockt das Miauen einer Wildkatze sie...

...von ihrer Pflicht weg. Kampflustig läuft sie ihm nach.

Sie kann ja nicht wissen, daß der geheimnisvolle Unbekannte den Katzenruf nachgemacht hat.

Der Unbekannte verteidigt sich verzweifelt, und es gelingt ihm, Rhawik das Messer in den linken Flügel zu stoßen.

Die Verletzung macht Rhawik kampfunfähig. Aber jetzt naht Bessy.

Hierher, Bessy! Bring mir Ronnys Gewehr!

Bei Bessys Eintreffen läuft der Unbekannte gleichfalls zu der Waffe.

Bessy rennt so schnell sie kann, doch der Fremde erwischt das Gewehr.

Zu spät, Bessy! Flieh! Flieh!

Aber Bessy kann nicht mehr bremsen, und der Fremde zielt mitten zwischen ihre Augen!

in: *Das Rätsel der Wapitischlucht*

Ein geheimnisvoller Eulenmörder in der Wapiti-Schlucht hat es auf den großen Uhu abgesehen. Als Andy und sein Freund Ronny ihm ins Gehege kommen, läßt er eine Steinlawine auf sie los. Sie überleben den Mordanschlag. Er selbst wird von einer Giftschlange gebissen und liegt nun heftig fiebernd in ihrem Zelt.

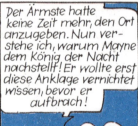